We Can Get Along
Podemos llevarnos bien

A Child's Book of Choices
Un libro de alternativas para niños

Lauren Murphy Payne • ilustrado por Melissa Iwai

free spirit
PUBLISHING®

Library of Congress Cataloging-in-Publication Data
Names: Payne, Lauren Murphy, 1956– author. | Iwai, Melissa, illustrator.
Title: We can get along / podemos llevarnos bien : a child's book of choices / un libro de alternativas para niños / Lauren Murphy Payne ; illustrated by Melissa Iwai.
Other titles: Podemos llevarnos bien
Description: Bilingual Edition. | Minneapolis : Free Spirit Publishing, 2018. | In English and Spanish. | Previously published in English: Minneapolis, MN : Free Spirit Publishing, [2015] | Audience: Age: 3–8.
Identifiers: LCCN 2018000161 (print) | LCCN 2018019806 (ebook) | ISBN 9781631983399 (Web PDF) | ISBN 9781631983405 (ePub) | ISBN 9781631983382 (paperback) | ISBN 1631983385 (paperback)
Subjects: LCSH: Social interaction—Juvenile literature. | Interpersonal relations—Juvenile literature. | Choice (Psychology)—Juvenile literature. | BISAC: JUVENILE NONFICTION / Social Issues / Friendship. | JUVENILE NONFICTION / Social Issues / Emotions & Feelings.
Classification: LCC HQ784.S56 (ebook) | LCC HQ784.S56 P39 2018 (print) | DDC 302—dc23
LC record available at https://lccn.loc.gov/2018000161

Free Spirit Publishing does not have control over or assume responsibility for author or third-party websites and their content.

Reading Level Grade 2; Interest Level Ages 4–8
Fountas & Pinnell Guided Reading Level L

Cover and interior design by Colleen Rollins
Translation by Edgar Rojas, EDITARO
Translation edited by Dora O'Malley

10 9 8 7 6 5 4 3 2 1
Printed in China
R18860518

Free Spirit Publishing Inc.
6325 Sandburg Road, Suite 100
Minneapolis, MN 55427-3674
(612) 338-2068
help4kids@freespirit.com
www.freespirit.com

Free Spirit offers competitive pricing.
Contact edsales@freespirit.com for pricing information on multiple quantity purchases.

To my family with all
my love and gratitude, and for
Scott, who always has faith in me.

Para mi familia con todo mi
amor y gratitud, y para Scott quien
siempre ha tenido fe en mí.

I know lots of people at school,
in my neighborhood,
and on the playground.

Sometimes we get along . . .

Conozco a mucha gente en la escuela,
en mi vecindario
y en el parque de juegos.

Algunas veces nos llevamos bien . . .

And sometimes we don't.
Y a veces, no.

When we get along, we talk together.

We laugh, work, and play together.

Sometimes we are quiet together.

Cuando nos llevamos bien, hablamos.

Nos reímos, trabajamos y jugamos juntos.

A veces nos quedamos callados.

When we get along, I feel happy and safe.
Cuando nos llevamos bien, me siento feliz y seguro.

When we don't get along, we fight and argue.

We yell, hit, or cry.

Sometimes we say and do mean things . . .

NO IT'S NOT!
¡NO, NO LO ES!

Cuando no nos llevamos bien,
peleamos y discutimos.

Gritamos, golpeamos algo o lloramos.

A veces decimos y
hacemos cosas malas . . .

THAT'S STUPID!
¡ESO ES ESTÚPIDO!

When we don't get along,
I feel angry and afraid.
Cuando no nos llevamos bien,
me siento enojado y asustado.

7

I can remember my feelings
when I am with other people.

I can remember times when I felt happy or angry,
safe or afraid.

Puedo recordar cómo me siento
cuando estoy con otras personas.

Puedo recordar momentos cuando me
sentí feliz o enojado, seguro o asustado.

RING TOSS
LANZAMIENTO DE ARGOLLAS

My feelings can help me make good choices.
Mis sentimientos pueden ayudarme a
tomar buenas decisiones.

I can think about my words before I say them.

I can choose what to do before I do it.

I am in charge of my words and actions . . .

Puedo pensar en mis palabras antes de decirlas.

Puedo escoger qué hacer antes de hacerlo.

Estoy en control de mis palabras y mis acciones . . .

They belong to me.
Me pertenecen.

I can talk and listen.

I can take turns and share.

I can help solve problems
and work things out.

Puedo hablar y escuchar.

Puedo esperar mi turno y compartir.

Puedo ayudar a resolver problemas
y hacer que las cosas se arreglen.

I can do my part to get along.
Puedo poner algo de mi parte para llevarnos bien.

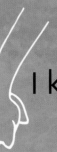

I know how I like to be treated.

I like to be talked to and heard.

I like smiles and hugs and friendly words.

Hi!
¡Hola!

I like to be treated with kindness and respect.

friends
amigos

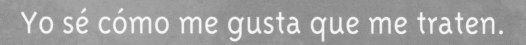
Yo sé cómo me gusta que me traten.

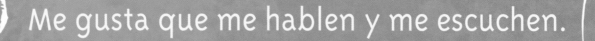
Me gusta que me hablen y me escuchen.

Me gustan las sonrisas,
los abrazos y las palabras amistosas.

Me gusta que me traten bien y con respeto.

I can choose to treat others the way I like to be treated.
Puedo elegir tratar a las personas de la misma
manera como me gusta que me traten a mí.

15

GRRRR!
¡GRRRR!

I know how I don't like to be treated.

I don't like to be teased, called names,
or yelled at.

Yo sé cómo es que no me gusta que me traten.

No me gusta que se burlen de mí,
que me insulten o que me griten.

I don't like mean words.
No me gustan las palabras ofensivas.

I don't like to be pushed,

kicked, or bullied.

I don't like to be hit.

No me gusta que me empujen,

me pateen o me intimiden.

No me gusta que me peguen.

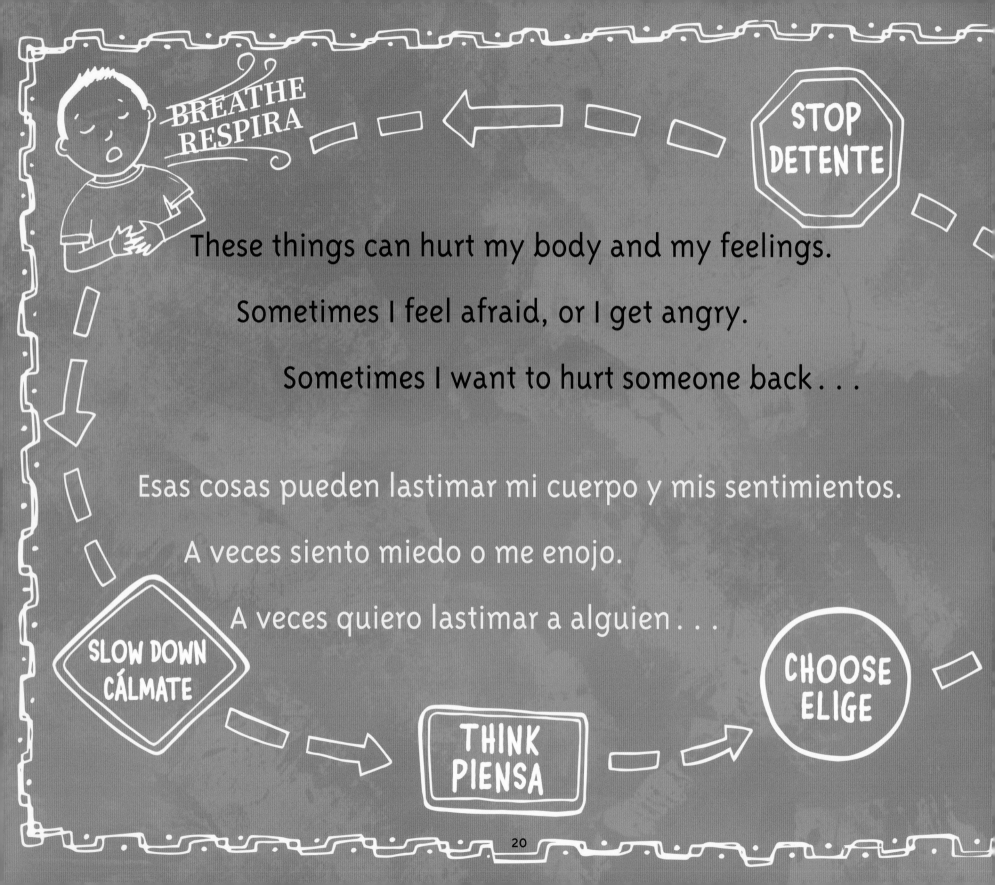

BREATHE
RESPIRA

STOP
DETENTE

These things can hurt my body and my feelings.

Sometimes I feel afraid, or I get angry.

Sometimes I want to hurt someone back . . .

Esas cosas pueden lastimar mi cuerpo y mis sentimientos.

A veces siento miedo o me enojo.

A veces quiero lastimar a alguien . . .

SLOW DOWN
CÁLMATE

THINK
PIENSA

CHOOSE
ELIGE

But I can choose not to do that.
Pero puedo elegir no hacer eso.

When someone hurts me,
I can talk about my feelings.

I can walk away and play alone for a while.

I can ask an adult for help.

Cuando alguien me lastima,
puedo decirle cómo me siento.

Puedo alejarme y jugar solo por un rato.

Puedo pedirle ayuda a un adulto.

These are good choices.
Esas son buenas opciones.

I can get along with many people.

People who are like me, and people who are not like me.

I can learn new ideas and try new things.

Puedo llevarme bien con la gente.

Con personas que son como yo,
y con personas que no son como yo.

Puedo aprender nuevas ideas e intentar cosas nuevas.

YUM!
¡QUÉ RICO!

24

I can be a friend.
Puedo ser un buen amigo.

Friends are people you can count on.

Friends are people who talk to you
and listen when you talk.

Los amigos son personas con quien puedes contar.

Los amigos son personas que pueden
hablar contigo y escucharte cuando les hablas.

Friends are fun to play with and nice to be around.
Los amigos son divertidos para jugar
y es muy lindo estar con ellos.

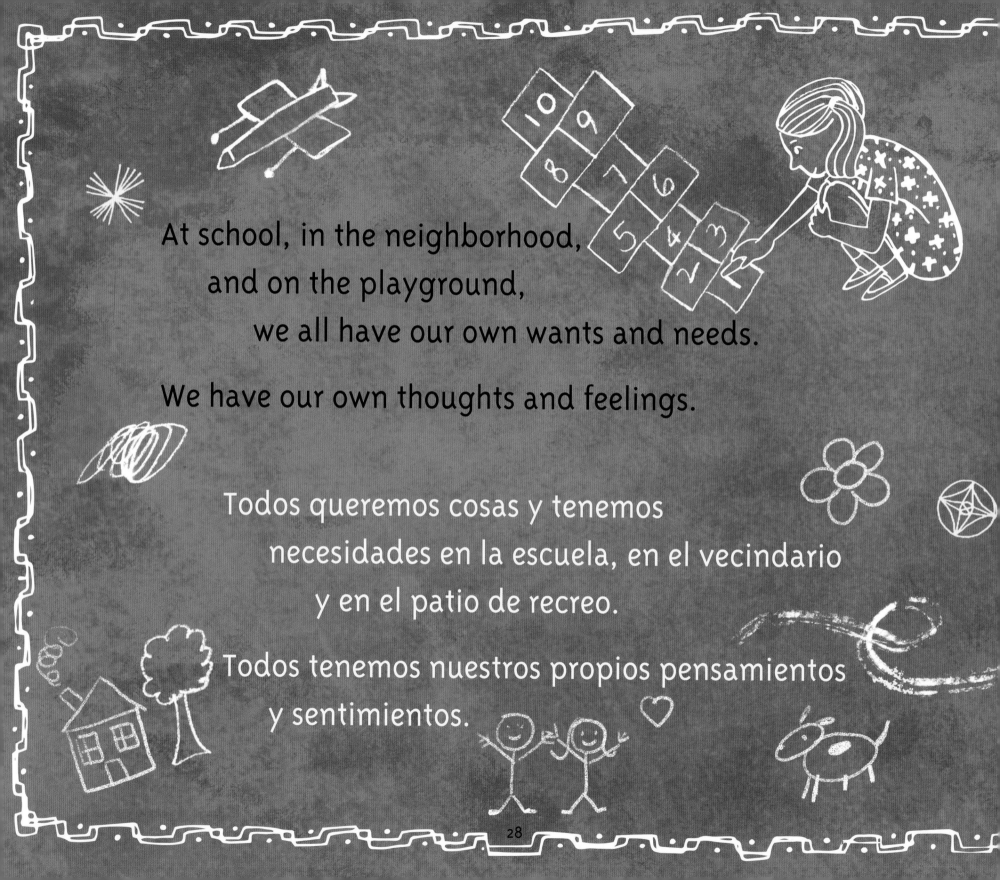

At school, in the neighborhood,
and on the playground,
we all have our own wants and needs.

We have our own thoughts and feelings.

Todos queremos cosas y tenemos
necesidades en la escuela, en el vecindario
y en el patio de recreo.

Todos tenemos nuestros propios pensamientos
y sentimientos.

No two people are the same.
No hay dos personas iguales.

MEOW
MIAU

Even though we are different, we can talk together.

We can laugh, work, and play together.

Or we can just be quiet together...

Aun cuando somos diferentes, podemos conversar.

Podemos reírnos, trabajar y jugar juntos.

O también podemos quedarnos en silencio...

We can get along.
Podemos llevarnos bien.

A Note to Caring Adults

Conflict is a normal part of life for all of us—including young children. In any relationship, we will experience conflict at some point or another. As adults, we can help children learn how to deal with conflict positively and effectively. Children need to understand that they have the power to choose their words and actions. And when children recognize that their words and actions have consequences, they begin to learn responsibility.

We Can Get Along: A Child's Book of Choices can be read and enjoyed with young children in many settings, from preschool, school, and childcare to home, religious school, or a counseling group. Through reading, listening, creating, role playing, laughing, and loving, children learn that they are capable of getting along with others, making positive choices, and resolving conflicts peacefully. The book is based on the beliefs that:

❋ Children can learn to deal with conflict in healthy ways by learning to recognize their own reactions to conflict and by learning to identify their feelings.

❋ Children can learn that they are responsible for the things they say and do. They can learn to distinguish effective anger behaviors from those that escalate conflict.

❋ Children can learn to shift their focus in times of conflict from "How can *I* get what *I* want?" to "How can we *both* get what we need?"

❋ Children can learn that they can join together with others to find and create solutions that resolve conflict effectively.

❋ Children need to know that hitting is *never* okay.

❋ Children need to be empowered to remove themselves from hurtful or harmful situations.

❋ Children need to learn and understand the inherent value of all individuals.

❋ Children can learn how to respect the opinions of others and learn from them.

The activities and discussion starters that follow build on these core beliefs, and offer a variety of ways to teach the concepts and achieve the goals of this book. They are meant to be flexible, so feel free to expand or adapt them. The goal of using these ideas with children is not to control or define their behavior. There is no *right* way to learn how to get along with others, and there are no *right* answers to the questions. These questions and activities allow children to explore their own ideas and discover their own best ways of learning.

I encourage you to use your own instincts, creativity, and imagination when using this book. And last but not least: Remember to have fun! If children see you enjoying this book and these activities, they will, too. After all, what could be more fun and rewarding than learning how to get along with others?

—Lauren Murphy Payne, MSW, LCSW

Activities and Discussion Starters

Recognizing and Talking About Feelings

Ask children to think about times when they felt happy and safe. Talk about those experiences, asking questions like:

❋ Where were you?

❋ Who were you with?

❋ What were you doing?

❋ What felt safe to you?

Expand the discussion to consider broader ideas of these feelings. Ask questions such as:

❋ What are some things that help you feel happy and safe?

❋ Who are some people you trust?

❋ Who are some people you can talk to when you want to talk?

❋ Who helps you when you need help?

Continue this exploration with similar questions about other feelings. When is a time children felt angry or afraid? Excited or pleased? Worried or upset?

Coping with Hurt Feelings

Ask children to describe how they feel when someone calls them a bad name or says mean words to them. List their feelings on poster paper. Ask, "When someone says mean words to you, what can you do?" Help children brainstorm ideas and list

them on a second piece of paper. Have each suggestion begin with "I can . . ."

Asking for Help

Emphasize to children that asking for help when they need it is a good choice, and that there are grown-ups who can help them cope with situations and deal with their feelings. Invite children to think about adults they could ask for help, such as teachers, parents, grandparents, other family members, or counselors (at school or elsewhere).

Using I-Messages

Introduce I-messages to children. You might say something like the following:

Sometimes we don't feel happy and safe when we are with another person. We may feel sad or angry or upset. We need to tell the other person how we feel. And we need to do this without blaming the other person. When we say things like, "*You make me sad*," we are blaming the other person. That can lead to an argument.

There's a better way to tell someone how you feel and what you need or want from the person. You can use something called an I-message. Instead of saying *you*, start off by saying *I*. Here are some examples:

❀ "I feel sad when you don't want to play with me."

❀ "I feel angry when you can't share your toys."

❀ "I want you to stop making faces at me."

❀ "I need you to share the ball or I can't play."

After explaining the idea, present children with examples of situations where I-messages would be helpful. For example, "Hector is upset because he wants his older brother to play a game with him, but his brother says he doesn't feel like it. How can Hector use an I-message to tell his brother how he's feeling?"

Have children suggest different I-messages for each situation, or invite them to act out these scenarios using puppets, dolls, or action figures.

Agree to Disagree

Invite children to role-play situations in which they might agree to disagree. Children can act out scenes themselves or use dolls, puppets, or action figures. You can use the following scenarios or invent your own.

❀ Su Li loaned William one of her favorite drawings a long time ago, and now she wants it back. But William says he already gave it back. Su Li can't find it and William doesn't have it.

❀ Erik and Ahmed are building a tower out of blocks. Erik says he knows the best way to do it, but Ahmed thinks his own idea is better.

❀ Juanita and Stephan are best friends who both love baseball. Juanita likes the Yankees, but Stephan likes the Braves.

Drawing Together

Group children in pairs and give each pair a large sheet of paper, as well as crayons or colored pencils. Tell them that they are going to work together to draw and color a picture based on one of the ideas in the book. For example, "When someone hurts me, I can talk about my feelings" or, "Friends are people you can count on." If desired, give children the choice of a few ideas to choose from. Ask them to talk together and agree on the kind of picture they want to make. As they prepare to get started, ask questions like:

❁ What do you want to draw?

❁ What do you think your partner wants to draw? How can you find out?

❁ How can you make sure the picture is something you both want to draw?

Give children time to make their drawings. Remind them that friends work together, help each other, listen to each other, solve problems together, and find solutions when they don't agree. Afterward, invite children to talk about how they worked together. What did they like best about doing this activity with their partners?

Positive Choices

Offer children several hypothetical situations. For example, "You see Robert fall in a mud puddle," and three possible choices for a response or solution ("You help Robert up," "You let a teacher know that Robert fell," or "You and other children laugh at Robert"). Have children discuss which choices they think are best, and why. Help children empathize with the children in each scenario. Ask questions like, "How would you feel if you were Robert?" "What do you think you would want someone to do if you were in Robert's place?" "How do you think Robert would feel if someone laughed at him?"

Lists About Friendship and Feelings

You can use all of the following lists as starting points for conversations about feelings, conflict, and getting along with others. Read the lists aloud to children. You may also display images to represent list items and help young children understand them. You'll find suggestions for additional activities following each list.

12 Things Friends Do

❁ Play together.

❁ Stick up for each other.

❁ Listen to each other.

❁ Share feelings with each other.

❁ Talk together.

❁ Laugh together.

❁ Use kind words.

❁ Say "I'm sorry" when they say or do hurtful things.

❁ Help and encourage each other.

❁ Treat each other with respect.

❁ Share quiet times.

❁ Know that it's okay sometimes to disagree with each other.

Share the list with children and invite them to think and talk about it. Then help children put together their own list of things that friends do. Talk about why each item is important to them. Next, have children take turns doing short, wordless role plays based on ideas from the list. Ask other children to interpret what the role players are doing that friends do. Ask the role players questions about their actions. (For example, "How did it feel to do those things together?") Talk with children about times when they have done these things with friends.

12 Things Friends Don't Do

❀ Hit each other.

❀ Kick, scratch, pinch, or bite each other.

❀ Bully each other.

❀ Yell at each other.

❀ Break each other's things.

❀ Say mean things.

❀ Tease each other.

❀ Try to get their way all the time.

❀ Use bad language.

❀ Call each other bad names.

❀ Boss each other around.

❀ Exclude other friends.

Share the list with children and invite them to share examples of times when they have experienced any of the things on the list. Be clear and firm that they should not name any names or blame others. Ask children questions like, "How did you feel when that happened to you?" "What did you do when that happened?" Ask children if they have ever done any of these things. What happened? How did their friends react? Encourage children to think and talk about how they could use ideas from the book to help them deal with similar situations. Invite children to role-play these situations using dolls, puppets, or action figures.

10 Healthy Ways You Can Express Anger

❀ Tell someone you're angry.

❀ Hit a pillow or a bed with your fist, or pound on the floor with a rolled up newspaper or magazine.

❀ Jump up and down.

❀ Cry.

❀ Squeeze play dough or clay.

❀ Walk away.

❀ Sing an angry song or do an angry dance.

❀ Run.

❀ Ask for a hug.

❀ Go into a room where you feel safe to get some quiet time.

Talk about this list and invite children to add their own ideas. Then, if your space allows, have children find their own places where they can safely move around. Ask children to act out examples of ways to express anger from the list. Finish the activity by having children find a space to sit or even lie down quietly. Ask them to close their eyes and focus on their breathing. Have children work to slow down their breathing. Once they have quieted down, ask questions like, "What did that feel like to you?" "Do you think you would be able to do that if you were really mad?" "Do you think that could help you get your 'mad' out?"

As a group, brainstorm similar lists of ways to express and deal with sadness, fear, and other emotions.

10 Healthy Things You Can Do Instead of Hurting Someone

❀ Tell the person, "Please stop that. I don't like that!"

❀ Tell yourself, "It's okay to be angry. It's *not* okay to hurt someone else, even if that person hurt me first."

❀ Walk or run away.

❀ Take a deep breath and then blow it out slowly. Think about blowing angry feelings out of your body.

❀ Tell the person how you feel. Use an I-message.

❀ Find an adult. Tell the adult what happened and how you feel.

❀ Count backward from 10 to 1. Picture your anger getting smaller and smaller as the numbers do.

❀ Remember that hurting someone back *always* makes the conflict worse.

❀ Spend time somewhere safe and comfortable until you feel better.

❀ Remember that you are in charge of your own actions. You can decide what to do.

After talking about the list, help children think of times when others have hurt their feelings. Invite them to share as much as they're comfortable sharing. Ask children how they felt when that happened. Then help them think of times when they have hurt others, and invite them to think about how they would have felt if that had happened to them. Help children understand that no one likes to be hurt, and that hurting someone is never okay, even if that person hurt them first.

Give children drawing paper and crayons or colored pencils. Have them draw pictures that symbolize how they felt when they were hurt. They can draw representations of things such as volcanoes or tornadoes, or they can simply scribble or make patterns. Ask children to close their eyes and imagine their pictures in their minds. Out loud, count backward from 10 to 1. Tell children to make the pictures in their minds get smaller and smaller as you get closer to 1. After you reach 1, allow children to open their eyes, crumple up their anger drawings, and throw them away. Talk with children about how this felt, and help them understand that they can use this idea themselves when they need to.

. . . .

What to Do If You Suspect That a Child Is Being Abused

If you are working in a school, follow the established protocols of your school and district immediately. You can also contact your local social service department or child welfare department, or obtain information about what to do and how to report child abuse from your local police department or district attorney's office. *Never* attempt to interview a child yourself. Instead, leave that to professionals who have been specially trained to deal with this sensitive issue.

. . . .

Consejos para los adultos que cuidan a los niños

El conflicto es un elemento normal en nuestras vidas (incluyendo los niños). En algún momento experimentaremos conflictos en cualquier tipo de relación. Los adultos podemos ayudar a los niños a lidiar con los conflictos de una manera positiva y efectiva. Es necesario que los niños comprendan que ellos tienen la capacidad de elegir sus palabras y acciones, y cuando aprenden a reconocer que esas palabras y acciones tienen consecuencias, empezarán a aprender sobre la responsabilidad.

Podemos llevarnos bien: un libro de alternativas para niños, puede ser leído y disfrutado con los niños en diferentes entornos como en el nivel preescolar, en las escuelas, guarderías, en los hogares, escuelas religiosas o en grupos de consejería. Por medio de la lectura, de escuchar, de la creatividad, de juegos de interpretación, risas y cuidados los niños aprenden a que son capaces de llevarse bien con otras personas, de escoger cosas positivas y de resolver conflictos pacíficamente. El libro está basado a partir de estas creencias:

❀ Los niños pueden resolver dificultades de una manera correcta aprendiendo a reconocer sus propias reacciones al conflicto e identificando sus reacciones o sentimientos.

❀ Los niños pueden aprender que son responsables de las cosas que dicen y hacen y también pueden distinguir entre los comportamientos efectivos para mostrar su enojo o los que pueden crear conflictos.

❀ Los niños pueden aprender a desviar su atención en los momentos de conflicto. En lugar de decir "cómo *puedo* tener lo *que quiero*", pueden decir "cómo *podemos* tener lo que *necesitamos*".

❀ Los niños pueden aprender a juntarse con otras personas para encontrar y crear soluciones que puedan resolver el conflicto de manera efectiva.

❀ Los niños necesitan saber que golpear *nunca* es correcto.

❀ Los niños necesitan sentirse empoderados para alejarse de situaciones perjudiciales o dañinas.

❀ Los niños necesitan aprender y entender el valor inherente de todas las personas.

❀ Los niños pueden aprender cómo respetar las opiniones de los demás y también aprender de ellas.

Las siguientes actividades y discusiones ayudan a fortalecer estas creencias básicas y ofrecen una variedad de formas de enseñar esos conceptos y lograr los objetivos de este libro. Los ejercicios están diseñados para que sean flexibles y usted podrá adaptarlos libremente. El objetivo de usar estas ideas con los niños no es controlar o definir su comportamiento. No hay una forma *correcta* de aprender a llevarse bien con los demás, y no hay respuestas *correctas* para las preguntas. Estas preguntas y actividades permiten a los niños explorar sus propias ideas y descubrir sus mejores formas de aprender.

Lo animo a que ponga en práctica sus propios instintos, su creatividad e imaginación al utilizar este libro. Por último, no olvide divertirse con la experiencia. Si los niños ven que usted está disfrutando del libro y de las actividades, ellos también lo harán. Después de todo, ¿qué podría ser más divertido y gratificante que aprender a llevarnos bien con otras personas?

—Lauren Murphy Payne, MSW, LCSW

Actividades y conversaciones iniciales

Reconocer y hablar sobre los sentimientos

Pregunte a los niños qué piensan sobre los momentos en que se sentían felices y seguros. Hable sobre esas experiencias haciendo preguntas como:

* ❋ ¿Dónde estabas?
* ❋ ¿Con quién estabas?
* ❋ ¿Qué estabas haciendo?
* ❋ ¿Qué te hizo sentir seguro?

Amplíe la discusión para considerar otras ideas relacionadas con esos sentimientos. Haga preguntas tales como:

* ❋ ¿Qué cosas te ayudarían a sentirte seguro y feliz?
* ❋ ¿En quién confías?
* ❋ ¿Con quién puedes contar cuando necesitas hablar?
* ❋ ¿Quién te puede ayudar cuando lo necesitas?

Continúe esta exploración con preguntas similares sobre otros sentimientos. En qué momento los niños se sintieron enojados o asustados, emocionados o complacidos, preocupados o molestos.

Lidiar con sentimientos hirientes

Anime a los niños a que describan como se sienten cuando alguien los llama con palabras ofensivas o les dicen cosas hirientes. Haga una lista de lo que sienten en una hoja de afiche. Pregunte: "¿Qué es lo que haces cuando alguien te dice palabras hirientes?" Ayude a los niños a que propongan ideas y escríbalas en otra hoja de papel. Haga que cada sugerencia comience con las palabras "Yo puedo . . . "

. . . .

Pedir ayuda

Enfatice a los niños que es una buena idea pedir ayuda cuando la necesitan, y que los adultos pueden ayudarles a solucionar situaciones y lidiar con sus sentimientos. Pídales que piensen en adultos a quienes podrían pedirles ayuda, como profesores, padres, abuelos, otros miembros familiares o consejeros (ya sea en la escuela o en otro lugar).

. . . .

Emplear mensajes con la palabra "Yo".

Introduzca a los niños el concepto de mensajes con la palabra "Yo". Podría decir algo como:

Algunas veces no nos sentimos felices y seguros cuando estamos con alguien. Nos podemos sentir tristes, enojados o alterados. Necesitamos decirle a esa persona como nos sentimos y necesitamos hacerlo sin culpar a otra persona. Cuando decimos cosas como "*tú* me haces sentir triste", estamos culpando a otra persona y eso puede crear una discusión.

Hay una mejor forma de decirle a alguien cómo te sientes y qué necesitas o quieres de esa persona. A veces puedes utilizar un mensaje con la palabra "Yo". En lugar de decir "*Tú*" comienza diciendo "*Yo*". Aquí hay algunos ejemplos:

※ "Yo me siento triste cuando tú no quieres jugar conmigo".

※ "Yo me siento enojado cuando no puedo compartir tus juguetes".

※ "Yo quiero que dejes de hacerme muecas".

※ "Yo necesito que compartas tu pelota o no podré jugar hoy".

Después de explicar la idea, muestre a los niños ejemplos y situaciones donde los mensajes con la palabra "Yo" serían beneficiosos. Por ejemplo: "Héctor está disgustado porque quiere que su hermano mayor juegue con él, pero su hermano dice que no tiene ganas. ¿Cómo podría Héctor usar un mensaje con la palabra "Yo" para decirle cómo se siente?".

Los niños deben sugerir diferentes mensajes con la palabra "Yo" para cada situación, o invitarlos a representar esas situaciones utilizando marionetas, muñecos o figurines de acción.

Estar de acuerdo con el desacuerdo

Pida a los niños a que representen situaciones en donde podrían estar o no de acuerdo. Los niños pueden personificar las escenas ellos mismos, o utilizar marionetas, muñecos o figurines de acción. Podría poner en práctica las siguientes situaciones o inventar otras semejantes.

※ Su Li le prestó a William uno de sus dibujos favoritos hace mucho tiempo y ahora ella quiere que se lo devuelva. William dice que ya se lo regresó. Su Li dice que no lo puede encontrar y William no lo tiene.

※ Erik y Ahmed están construyendo una torre de bloques. Erik dice que sabe la mejor forma de hacerlo, pero Ahmed piensa que su idea es mejor.

※ Juanita y Stephan son muy buenos amigos y les gusta el béisbol. A Juanita le gustan los Yankees y a Stephan le gustan los Braves.

Dibujando juntos

Agrupe a los niños en pares y dele a cada par una hoja grande de papel, crayones o lápices de colores. Dígales que van a trabajar juntos para dibujar y colorear una figura basada en

una de las ideas del libro. Por ejemplo, "Cuando alguien me lastima, puedo hablar sobre lo que siento" o, "Los amigos son personas con las que puedo contar". Si lo prefiere, ofrezca a los niños varias ideas para que ellos puedan escoger. Pida que hablen entre ellos mismos y se pongan de acuerdo en qué tipo de imagen quieren hacer. Cuando se estén preparando para empezar, pregunte cosas como:

❀ ¿Quieres dibujar?

❀ ¿Qué crees que tu compañero quiere dibujar? ¿Cómo lo vas a averiguar?

❀ ¿Cómo van a estar seguros de que la imagen es la que ambos quieren dibujar?

Dé tiempo a los niños para que hagan los dibujos. Recuérdeles que los amigos trabajan juntos, se ayudan los unos a los otros, se escuchan entre sí, solucionan problemas juntos y encuentran soluciones cuando no están de acuerdo. Más adelante, invítelos a hablar de cómo trabajaron juntos. ¿Qué fue lo que más les gustó de haber realizado esta actividad con sus compañeros?

Decisiones positivas

Presente a los niños situaciones hipotéticas. Por ejemplo, "Tú ves a Robert caerse en un barrial", y hay tres posibles soluciones ("Ayudas a Robert", "Le dices al profesor que Robert se cayó", o "Tú junto con otros niños se ríen de Robert"). Pida a los niños que escojan cuál de las soluciones ellos creen que es la mejor y por qué. Ayude a los niños a que se pongan en el lugar de cada situación. Pregunte a los niños "¿cómo te sentirías si fueras Robert?", "¿qué te gustaría que la gente hiciera si tú estuvieras en el caso de Robert?", "¿Cómo crees que Robert se sentiría si alguien se riera de él?"

Listas sobre la amistad y los sentimientos

Puede utilizar las siguientes listas para iniciar conversaciones sobre sentimientos, conflictos, y llevarse bien con los demás. Lea la lista a los niños en voz alta. También podría ofrecer imágenes que representen los elementos de la lista para ayudar a los pequeños a que comprendan mejor. Después de cada lista encontrará sugerencias para actividades adicionales.

12 cosas que hacen los amigos

❀ Jugar juntos.

❀ Apoyarse entre sí.

❀ Escucharse entre sí.

❀ Compartir sus sentimientos.

❀ Conversar.

❀ Reírse juntos.

❀ Usar palabras amables.

❀ Decir "Lo siento" cuando dicen o hacen algo hiriente.

❀ Ayudarse y darse ánimo.

❀ Tratarse con respeto.

❀ Compartir momentos de silencio.

❀ Saber que algunas veces es correcto estar en desacuerdo.

Comparta la lista con los niños e invítelos a que piensen y hablen sobre esos temas. Luego pida que hagan su propia lista sobre las cosas que hacen los amigos. Hable de porqué cada elemento es importante para ellos. A continuación, pida que los niños se turnen para hacer breves representaciones mímicas basadas en las ideas de la lista. Pida a otros niños que adivinen qué punto de la lista están representando sus compañeros.

Pregunte a los niños qué tipo de acciones están interpretando. (Por ejemplo, "¿cómo me sentí al hacer esas cosas juntos?") Hable con los niños sobre los momentos en que han hecho cosas con amigos.

12 cosas que los amigos no hacen

❀ Golpearse entre ellos.

❀ Patearse, rasguñarse, pellizcarse o morderse entre ellos.

❀ Intimidarse entre ellos.

❀ Gritarse entre ellos.

❀ Romper las cosas del otro.

❀ Decirse cosas hirientes.

❀ Burlarse entre ellos.

❀ Tratar de imponer siempre sus ideas.

❀ Utilizar malas palabras.

❀ Usar sobrenombres ofensivos.

❀ Mandar a los demás.

❀ Excluir a otros amigos.

Comparta la lista con otros niños e invítelos a que presenten ejemplos de las veces en que ellos han tenido experiencias similares a las de la lista. Clarifique que no deben nombrar ni culpar a los demás. Pregunte cosas como: "¿Cómo te sentiste cuando te pasó eso?", "¿Qué hiciste cuando pasó?" Pregúnteles si alguna vez han hecho alguna de estas cosas. ¿Qué pasó? ¿Cómo reaccionaron tus amigos? Anime a los niños a que piensen y hablen sobre cómo podrían utilizar las ideas del libro para ayudarlos a actuar en situaciones similares. Invítelos a representar estas situaciones por medio de muñecos, marionetas o figuras de acción.

10 formas saludables de cómo expresar enojo

❀ Dile a alguien que estás enojado.

❀ Golpea una almohada o la cama con tu puño, o golpea el piso con un periódico o una revista enrollada.

❀ Salta.

❀ Llora.

❀ Presiona plastilina.

❀ Aléjate.

❀ Canta o baila una canción con rabia.

❀ Corre.

❀ Pide que te abracen.

❀ Ve a una habitación donde te sientas seguro para pasar un rato en silencio.

Hable sobre la lista y pida a los niños que agreguen sus propias ideas. Luego, si el espacio es lo suficientemente grande, pida a los niños que encuentren un lugar donde puedan moverse con seguridad. Pida a los niños que interpreten diferentes formas de expresar el enojo de acuerdo con la lista. Termine la actividad pidiendo a los niños que encuentren un lugar tranquilo para sentarse en silencio. Pida que cierren sus ojos y se enfoquen en la respiración. Haga que respiren lentamente. Una vez que estén en silencio, pregunte cosas como: "¿cómo te hizo sentir?" "¿Crees que podrías hacer eso si estás muy enojado?" "¿Crees que eso te ayudaría a acabar con tu enojo?".

Desarrolla ideas en grupo similares a las de la lista para expresar y combatir la tristeza, el miedo y otras emociones.

10 cosas positivas que puedes hacer en lugar de herir a alguien

❀ Dile a la persona, "Por favor deja de hacer eso, ¡no me gusta!"

❀ Acepta que "Está bien estar enojado". *No* está bien herir a alguien, aun cuando esa persona te hirió primero.

❀ Aléjate.

❀ Respira profundo. Saca los sentimientos de enojo de tu cuerpo.

❀ Dile a la persona cómo te sientes. Utiliza un mensaje con la palabra "Yo".

❀ Encuentra a una persona adulta, dile qué pasó y cómo te sientes.

❀ Cuenta comenzando de 10 a 1. Imagínate que tu enojo se va disminuyendo de tamaño al igual que los números.

❀ Recuerda que desquitarse de alguien *siempre* empeora las cosas.

❀ Pasa un tiempo en un lugar tranquilo y seguro hasta que te sientas mejor.

❀ Recuerda que tú estás a cargo de tus propias acciones. Puedes decidir qué hacer.

Después de hablar sobre la lista, ayude a los niños a pensar en los momentos en que alguien ha herido sus sentimientos.

Invítelos a que compartan en la medida que se sientan cómodos hablando de esa situación. Pregúnteles cómo se sintieron cuando sucedió eso. Luego ayúdelos a que piensen en aquellos momentos en que hirieron a alguien, e invítelos a pensar cómo se sentirían si ellos hubieran sido las víctimas. Ayúdeles a entender que a nadie le gusta ser herido, y que ofender a alguien no está bien, aún si la persona los hirió primero.

Suministre a los niños papel para dibujar, crayones y lápices de colores. Dígales que dibujen imágenes de cómo se sintieron cuando los hirieron. Ellos pueden dibujar cosas como volcanes o tornados, o simplemente pueden hacer tachones o trazar diferentes formas. Pida a los niños que cierren los ojos e imaginen sus dibujos en la mente. Cuente de 10 a 1 en voz alta y pídales que disminuyan el tamaño de las imágenes en sus mentes a medida que se hace la cuenta regresiva. Cuando llegue a 1 pida a los niños que abran los ojos, recoja los dibujos de enojo y arrójelos lejos. Hable con ellos sobre qué se siente al realizar esta acción y ayúdelos a entender que pueden utilizar esta idea cuando sea necesario.

. . . .

Qué hacer si sospecha que un niño está siendo abusado

Si está trabajando en una escuela, siga el protocolo establecido por la institución de inmediato. También puede contactar al departamento de servicios sociales de su localidad, o al departamento de bienestar infantil, u obtener información en el departamento de policía o en la oficina del procurador general sobre qué hacer y cómo denunciar el abuso infantil. *Nunca* intente entrevistar a un niño por su cuenta. Por el contrario, deje esta labor a los profesionales que han sido entrenados especialmente para afrontar estos casos delicados.

. . . .

About the Author

Lauren Murphy Payne, MSW, LCSW, is a psychotherapist in private practice with 30 years of experience. She specializes in the treatment of adult survivors of childhood sexual abuse, relationship issues, anxiety, depression, and eating disorders. Lauren has been a speaker at local, regional, and national conferences. She is the author and presenter of two video series: *Making Anger Work for You* and *Anger as a Fear Driven Emotion*. She is the mother of two adult children and lives in Wisconsin with her husband.

Sobre la autora

Lauren Murphy Payne, MSW, LCSW, es psicoterapeuta independiente con 30 años de experiencia. Se especializa en el tratamiento de adultos que han sobrevivido al abuso sexual, en problemas de relaciones de pareja, ansiedad, depresión, y desórdenes alimenticios. Lauren ha llevado a cabo charlas en conferencias a nivel local, regional y nacional. Es autora y presentadora de dos series de videos: *Making Anger Work for You* y *Anger as a Fear Driven Emotion*. Tiene dos hijos adultos y vive con su esposo en Wisconsin.

About the Illustrator

Melissa Iwai received her BFA in illustration from Art Center College of Design in Pasadena, California. She lives in Brooklyn, New York, and has illustrated many picture books, which can be seen at www.melissaiwai.com.

Sobre la ilustradora

Melissa Iwai recibió su licenciatura en bellas artes (BFA) en diseño por el *Art Center College of Design* en Pasadena, California. Vive en Brooklyn, New York, y ha ilustrado muchos libros que pueden ser vistos en la página www.melissaiwai.com

Look for more bilingual books at freespirit.com.

Busque libros más bilingües en freespirit.com.

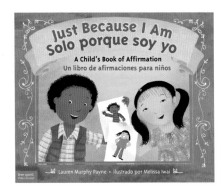